Nota de la autora

En *El cuento del conejo y el coyote*, originario del pueblo de Juchitán, Oaxaca, México, se entrelazan varios temas folklóricos, como los de Brer Rabbit, el cuento del coyote que se traga la luna y el meollo del cuento del "conejo en la luna". (En México, a diferencia de los Estados Unidos, la leyenda dice que el que vive en la luna es un conejo, no un hombre.) Cuando encontré esta versión del cuento, ilustrado por el pintor Francisco Toledo, me atrajeron sobremanera su lenguaje pintoresco y la reminiscencia de Tío Remo. Seguramente los lectores estadounidenses reconocerán al pícaro conejo y sus hazañas. A ese público, y a quienes hasta ahora no se han encontrado con el conejo y el coyote, tengo el gusto de presentarles estos personajes en su versión típicamente mexicana.

EL CUENTO DEL CONEJO Y EL COYOTE

Tony Johnston

ilustrado por **Tomie dePaola**

traducido por **Aída E. Marcuse**

The Putnam & Grosset Group

FOR MY ADORADA CHAR
— FOREVER IN THE MIDST OF CHIRIPIORCAS.
—TJ

... AND FOR MY FOLK-ART FRIEND
— ALICE ANN BIGGERSTAFF.
—TdeP

English text copyright © 1994 by Tony Johnston
Spanish translation copyright © 1998 by The Putnam & Grosset Group
Illustrations © 1994 by Tomie dePaola
by The Putnam & Grosset Group, 200 Madison Avenue, New York, NY 10016.
PaperStar is a registered trademark of The Putnam Berkley Group, Inc.
The PaperStar logo is a trademark of The Putnam Berkley Group, Inc.
Originally published in 1994 by G. P. Putnam's Sons.
Published simultaneously in Canada. Printed in the United States of America.
Library of Congress Cataloging-in-Publication Data
Johnston, Tony. The tale of Rabbit and Coyote / by Tony Johnston;
illustrated by Tomie dePaola. p. cm.
Summary: Rabbit outwits Coyote on this Zapotec tale which explains why coyotes howl
at the moon. 1. Zapotec Indians—Legends. 2. Rabbit (Legendary character) 3. coyote
(Legendary character) [1. Coyote (Legendary character) 2. Zapotec Indians—Legends.
3. Indians of Mexico—Legends. 4. Animals—Folklore.] I. dePaola, Tomie, ill. II. Title.
F1221.Z3J65 1994 398.2'089976—dc20 92-43652 CIP AC
ISBN 0-698-11668-2
1 3 5 7 9 10 8 6 4 2

Una noche de luna llena, el conejo encontró un campo de chiles. Eran tan verdes y brillantes, que de un brinco se metió entre ellos y se comió los más grandes.

Cuando amaneció, el campesino vino a ver sus chiles. Los que quedaban estaban por todos lados, y los más grandes, más verdes y más brillantes, ¡HABÍAN DESAPARECIDO!

El campesino vio huellas de conejo entre las plantas. Y ¿qué hizo? Hizo un muñeco de cera de abejas y lo plantó en medio del campo, para atraer al ladrón de chiles.

Cuando cayó la noche, el conejo volvió al campo. Al ver al muñeco de cera, se le acercó a gatas, deseoso de saludarlo (y pedirle que le regalara algunos chiles).

Pero el muñeco de cera no le dijo nada.

Absolutamente nada.

¡Eso enojó mucho al conejo!

Se enojó tanto que le dio un fuerte puñetazo. La pata derecha
se le quedó pegada a la cera, pero el campesino no dijo ni pío.
El conejo le asestó otro golpe. Esta vez, se le quedó pegada la
pata izquierda.

El muñeco de cera seguía silencioso como las estrellas, pero
el conejo estaba furioso. De un golpe quiso derribarlo con las
patas traseras. ¡Ay, ay ay!

¡Ahora sí, el conejo estaba bien atrapado!

Cuando el campesino verdadero vino a ver su trampa, se alegró mucho al encontrar al conejo.

—¡Qué delicia! ¡Va a estar riquísimo! —dijo, frotándose las manos de contento.

Echó al conejo en una bolsa y se lo llevó a casa.

Apenas llegó, colgó la bolsa en un gancho, hizo un buen
fuego y puso a hervir una olla de agua. Después salió a buscar
hierbas aromáticas para sazonarlo.

De donde estaba colgado, el conejo vio acercarse al coyote.

—¿Qué haces allí? —le preguntó el coyote.

—Ese hombre quiere que me case con su hija —dijo el conejo—, pero soy demasiado joven. ¿Por qué no te casas tú con ella? Mira, el agua está lista para hacer chocolate. Habrá una gran fiesta.

Cuando regresó, el campesino encontró al coyote metido en la bolsa.

—¡Me las pagarás! —exclamó.

Y echó al coyote en el agua hirviendo. ¡Ay, ay, ay!

El coyote salió volando de la olla y corrió tras el conejo.

Siguió sus huellas hasta que lo encontró trepado en lo alto de una jícara.

—Te comeré ahora mismo —dijo el coyote, que estaba enojadísimo.

Y el conejo, ¿qué hizo?

Bueno, él sabía que el coyote no conocía la diferencia entre el fruto de la jícara, duro como una piedra, y el suave y dulce zapote.

—¿Para qué quieres comerme a mí, cuando en vez podrías comer estos exquisitos zapotes? —dijo el conejo.

—¿A ver? Dame uno —gruñó el coyote.

El conejo arrojó la fruta de la jícara con toda su fuerza.
¡Cataplúm! Le dio por la cabeza al coyote y lo desmayó. El
coyote quedó más frío que un repollo.

TE VOY A COMER, MANITO.

Cuando el coyote despertó, le siguió la pista al conejo. Por fin encontró al sinvergüenza descansando contra una roca en la cima de una colina.

—¡Por favor, no me comas! —le rogó el conejo adosándose a la roca—, ¿no ves que si dejo de sostenerla, esta roca rodará colina abajo y aplastará al mundo? Ven aquí, sostenla un ratito mientras yo voy a buscar ayuda.

El coyote le creyó y tomó su lugar. En un par de brincos, el conejo se alejó de allí, libre como las abejas.

El coyote se dio cuenta de su error casi enseguida, y echó a correr tras el conejo, refunfuñando de rabia.

Cuando por fin lo encontró, el coyote dijo:

—¡*Ahora sí* que te como!

—Pero entonces, ¿quién cuidará a los niños de esta escuelita?
—preguntó el conejo, señalando un avispero que colgaba de la
rama más baja de un árbol—. Alguien tiene que darle un buen
golpe si algún alumno intenta escaparse.

Bueno. Al coyote le encantaba dar golpes a diestra y siniestra. Aceptó el empleo, se echó bajo la rama y esperó. Cuando una avispa salió del avispero, le pegó con un palo. Y claro, ¡todas las avispas salieron tras él y lo corrieron hasta que se arrojó a una laguna! Como sólo se le veía la punta del hocico, las avispas le picaron allí, una y otra y otra vez.

Era noche cerrada cuando el coyote encontró al conejo a orillas de un lago. Ahora sí, se lo iba a comer, *de un solo bocado*.

Pero el conejo dijo:

—¿Por qué quieres comerme, coyote, cuando te estaba esperando para compartir contigo este queso exquisito?

Y señaló el reflejo de la luna en el agua.

—Pero, claro está —explicó el conejo—, que antes de poder
comerlo, tendremos que beber todo el jugo del queso.

Sin dudar un momento, el coyote empezó a beber el agua,
ansioso por llegar al queso.

Al cabo de un rato dijo:

—¡Estoy de agua hasta el gaznate!

—Vamos, toma unos sorbitos más —dijo el conejo—, ya estás llegando al queso.

El coyote bebió más, más y MÁS. Tomó tanta agua que hasta empezó a salirle por las orejas. Pero cuando se volvió a hablar del tema con el conejo, éste había puesto patas en polvorosa.

El coyote echó a correr tras él lo más rápido que pudo, pero estaba tan hinchado como una esponja llena de agua.

Ahora bien, el conejo sabía donde había una escalera que iba al cielo. Cuando la encontró, empezó a trepar por ella; arriba, arriba, arriba. Brincó tanto y tan alto que llegó hasta la luna.

En cuanto llegó, escondió la escalera en la luna.

Muy, muy abajo, el coyote vigilaba el cielo. Pero, aunque lo escudriñaba con cuidado, jamás pudo encontrar la escalera que llevaba a la luna.

Por eso, hasta hoy en día, el coyote espera
sentado y contempla fijamente la luna.

De vez en cuando, gruñe y le aúlla a la luna.
Porque todavía está furioso con el conejo.